LES ÉLUCUBRATIONS D'UN HOMME SOUDAIN FRAPPÉ PAR LA GRÂCE

EDOUARD BAER

LES ÉLUCUBRATIONS D'UN HOMME SOUDAIN FRAPPÉ PAR LA GRÂCE

DESSINS DE STÉPHANE MANEL

ÉDITIONS DU SEUIL
*57, rue Gaston-Tessier, Paris XIXe*

ISBN 978-2-02-146805-2

www.seuil.com

Préface

Un livre, vous vous rendez compte, un livre ! Mais oui vous vous rendez compte, vous en avez un entre les mains. Mais moi, j'avais quoi huit ans, dix ans, six ans… toujours, toute mon enfance, ce trésor et cette culpabilité : la bibliothèque de mon père, la place sacrée du livre dans sa vie et donc dans la nôtre. Ma timidité devant tous ces livres ; ne plus voir un livre puis un autre, comme des objets individuels, uniques chacun, mais envisager la somme de tous ces écrits, ces pensées, ces vies imaginées ou racontées, les envisager comme un ensemble. Comme un mur ; émouvant, rassurant, protecteur, mais inquiétant aussi, inquiétant parce que infranchissable. La sensation, la certitude même, qu'il était trop tard, dès le début, qu'il serait toujours trop tard. Qu'il fallait avoir lu déjà. Et pourtant tout était là à portée de main ; le temps aussi, et le silence nécessaire. Tout était là, proposé, offert. Une enfance privilégiée.

Et puis mon père, qui, lui, avait lu, ne s'était jamais autorisé à écrire. Il se faisait une trop haute idée de ce mot : « écrire » ; et de cet autre qui en découlait : un « écrivain ». Être un écrivain, un homme qui écrit des livres, et qui est lu, partagé, admiré parfois. Il n'avait pas osé. Il était donc resté un lecteur ; sans amertume, me semblait-il à l'époque. Aujourd'hui je ne sais plus trop. Et je n'ai jamais osé lire ce mémoire sur Proust qu'il avait rédigé en khâgne à Caen en 1940 avant de devoir, jeune étudiant juif, s'enfuir vers la zone libre et Aix-en-Provence. Et moi qui n'avais jamais vraiment été un lecteur, du moins pas un lecteur « sérieux », comme on dit de certains dont on imagine les lorgnons et la respiration lente de coureur de fond, alors que j'avais déclaré à 17 ans un soir d'enthousiasme et sans doute par bravade vouloir « écrire », je m'étais entendu répondre par un ami de mon père, digne et ambassadeur de France : « Si tu étais Proust ça se saurait. » En effet, ça n'aurait échappé à personne.

Alors je n'ai pas écrit mais j'ai parlé. De ce que je ne savais pas ; fort, avec assurance ; je me suis dit qu'il fallait considérer ça comme un jeu, les mots ; être à l'aise avec eux. Ne pas se laisser intimider, les lancer en l'air comme un jongleur, ou les faire rebondir comme des ballons. J'en ai fait mon métier, j'ai gagné ma vie avec ça. Les mots. Sans les écrire. Essayer de les faire surgir. Je me suis beaucoup amusé et j'ai eu peur. Que ça s'arrête, que ça n'arrive plus ; comme une source qui se tarit. J'écrivais oralement. On enregistrait. J'ai fait des spectacles comme ça. Il fallait beaucoup de confiance de la part de ceux qui travaillaient avec moi, les comédiens, les techniciens, tout le monde. Ils me l'ont donnée. On commençait à répéter avec rien. Rien d'écrit, rien à répéter ; et petit à petit ça venait ; parce que je n'étais pas seul, parce qu'on était ensemble, ça m'inspirait. Et je les en remercie.

Mais quand il s'agissait d'avoir une version écrite, une version définitive, du spectacle, la panique venait. Je relisais ce qui nous semblait si juste quand ça sortait de la bouche des comédiens, et là, déception : ça n'était que ça ! Alors il n'y avait jamais de version écrite définitive. C'était un peu enfantin, on jouait à se faire peur. Et chaque soir tout était à réinventer.

Et voilà ce texte : la version définitive (quel mot terrible !) de ce spectacle, *Les élucubrations d'un homme soudain frappé par la grâce*. Est-ce par courage : assumer noir sur blanc ce qu'on dit ? Est-ce parce que j'ai vieilli, et que je rêve, comme tous ceux qui sont passés et qui se demandent pourquoi, de « laisser une trace » ? Est-ce pour m'assurer que tout cela a vraiment existé ? Ou est-ce parce que j'ai enfin confiance dans mes mots que je renonce cette fois-ci à les abandonner au vent ? Suis-je devenu inquiet et mégalomane, ai-je perdu de l'enfance, de la confiance totale en l'instant, le père Noël, le tour de magie ? Oui. Un peu. Signer ses mots : le courage et la peur.

Et puis c'est si beau, un livre. Un livre qu'on tient dans la main. Qu'on ouvre et qu'on ferme, qu'on corne ou qu'on rature, qu'on range, qu'on salit, qu'on lit parfois, qu'on prête, qu'on égare – « Où est passé mon livre ? »

Être l'auteur d'un livre. L'avoir fait. Oh, pas l'objet bien sûr ; pas le papier, la reliure, l'impression. Mais pouvoir juste se dire : « Cet objet est le mien, une part intime et soudain rectangulaire de moi ; c'est mon livre. » Pour quelqu'un qui n'a créé que des moments, et alors que même les films ne sont plus des mètres de pellicule imprimée qu'on pouvait ranger dans des boîtes circulaires et métalliques et emporter en secret la nuit dans le coffre de sa Renault 16 vert bouteille, quelle émotion !

Alors voilà mon livre ; le vôtre si vous l'adoptez, comme on choisit un chien dans un refuge pour animaux abandonnés. Un livre oral écrit. Le contraire d'une représentation théâtrale, dont on dit qu'elle consiste à « mettre debout » un texte ; ici « on couche » sur le papier un texte qui a été écrit debout, en public. En le relisant (oui, oui, je l'ai relu avant, promis !), j'ai trouvé que certaines tournures étaient peu littéraires, du moins dans le sens que je donne à ce mot : des répétitions fréquentes, des mots trop familiers, des tournures de phrases à la grammaire aléatoire... J'ai hésité, parfois corrigé ; mais la plupart du temps je suis resté fidèle à la musique initiale, la petite musique de la langue parlée ; fidèle à nous sur scène et en public. Et les merveilleux dessins de Stéphane Manel rendent si bien l'atmosphère générale du spectacle... Parce que c'est un livre et c'est aussi un spectacle. Et dans un spectacle, si l'acteur parle seul sur scène et que les fauteuils sont vides, ça n'a pas beaucoup de sens. Et vous voilà. Merci de vous être déplacés.

E. B.

Création au Théâtre Antoine,
à Paris, le 18 Avril 2019.

Dans les rôles de :

EDOUARD : Edouard Baer
LE RÉGISSEUR : Christophe Meynet
ROGER : Patrick Boshart

Sur la scène du théâtre, un décor qui évoque un bar de quartier ; en transparence derrière une vitre à la Edward Hopper, une façade d'immeuble parisien. Un homme habillé en régisseur installe des éléments de décor à vue. Il se dirige vers le bar où trône une affiche « Le Dernier Bar avant la fin du monde ». *Il allume des lampes, replace un tabouret. Il enfile un tablier lorsque retentit une sonnerie suivie de l'annonce du début du spectacle.*

ANNONCE VOIX

Mesdames, mesdemoiselles, messieurs, bonsoir. Afin que la tranquillité soit au rendez-vous ce soir, nous vous demandons d'éteindre complètement vos portables. Sachez également que les photos, avec ou sans flash, ne sont pas autorisées pendant la représentation. Merci infiniment de votre compréhension, nous vous souhaitons une superbe soirée au Théâtre Antoine.

THEATRE ANTOINE
EDOUARD BAER

I

Sur ces derniers mots et alors que le public est déjà sagement installé, un homme surgit dans la salle depuis l'entrée des spectateurs. Il déboule vers le bord de scène par l'allée centrale. Le régisseur paraît stupéfait de cette intrusion.

EDOUARD

C'est l'annonce, là ?

LE RÉGISSEUR

Oui.

EDOUARD, *jetant des coups d'œil affolés vers la porte d'entrée de la salle*

Je peux me réfugier chez vous... ? Je joue à côté... Je me suis enfui de scène... Je croyais que le spectacle commençait plus tard chez vous… Alors je voulais… *(Découvrant le public)* Bonsoir… *(Au régisseur)* Je pensais que vous étiez seul alors je voulais me planquer un moment le temps de… *(Regardant vers la porte d'entrée du théâtre)* Ils ont envoyé un régisseur à mes trousses… *(Un temps)* Votre public est déjà là… Ça fait bizarre tout ce monde. Vous commencez dans combien de temps ?

LE RÉGISSEUR

On va démarrer dans pas longtemps.

EDOUARD

D'accord… Je vais y aller… *(au public)* Bonsoir ! Excusez-moi… Je suis comédien. Je ne m'excuse pas pour ça… Je joue dans le théâtre à côté… J'étais sur scène et tout à coup je me suis enfui… Ça s'appelle *Les Élucubrations d'un homme soudain frappé par la grâce*… Oui, ce n'est pas un titre qui fait rêver… *(Au régisseur)* Ça s'appelle comment chez vous ?

LE RÉGISSEUR

Le Dernier Bar avant la fin du monde.

EDOUARD, *préoccupé, presque à lui-même*

Ça n'est pas génial non plus... C'est très difficile le titre parce qu'à un moment il faut le jouer... Un titre c'est une promesse à tenir... *Les Élucubrations d'un homme soudain frappé par la grâce*... Je ne sais pas ce qui m'a pris... Allez jouer ça !... En même temps, s'il n'y a pas de titre c'est très compliqué de faire venir les gens. On fait des annonces publicitaires, on prend des colonnes Morris sur les murs des villes... Et à un moment il faut mettre quelque chose dessus parce qu'une affiche avec rien dessus, les gens viennent moins ! Donc moi j'avais trouvé ça, *Les Élucubrations* – j'ai dû tomber dessus par hasard dans le dictionnaire... Quel mot à la con, mon Dieu !... – *d'un homme soudain frappé par la grâce*... Mais pour qui il se prend ? C'est épouvantable... En plus, c'est moi. On se met toujours la barre trop haut, il ne faudrait pas se mettre de barre du tout ! Bon pardon, j'y retourne. Bon spectacle... *(Il regarde la scène)* Ça doit être bien votre truc, *Le Dernier Bar*... Merci de votre accueil... Au revoir. *(Au régisseur)* Juste... Vous n'auriez pas un tout petit verre d'eau, plate ou gazeuse, ou un double scotch ? *(Il monte sur scène)* Enfin ce que vous avez... J'y vais juste après...

Après une hésitation, le régisseur va derrière le comptoir lui trouver de quoi boire. Edouard se tourne vers le public, il considère le théâtre, les gradins, la scène, les spectateurs avec un engouement croissant.

Ah oui, là, ce n'est pas pareil *(il contemple les gradins de bas en haut)*... C'est épatant ici ! Oui... Ça fait envie, vous avez de la chance ! J'aurais pu le jouer ici... Je ne me serais pas enfui. *(Edouard teste l'acoustique de la salle avec beaucoup de précision)* Ah ! Ah ! Ah ! L'acoustique est géniale ! Ce n'est pas un théâtre, c'est comme... des bras ouverts ! Et puis il y a des têtes beaucoup plus sympathiques que chez moi... ! On ne pourrait pas faire un échange de public ? *(Au régisseur qui lui tend un verre d'eau)* Merci beaucoup.

Il boit. Le régisseur le regarde, étonné de son élégance ; il est en costume sombre et long manteau bleu nuit.

Quand j'arrive sur scène, là-bas, je suis en André Malraux. *(Un temps)* Oui, pas d'enthousiasme délirant là-bas non plus. C'est un spectacle où je rends hommage aux gens que j'ai toujours admirés, mon panthéon personnel… J'entre en Malraux, le noir se fait… Je commence par le discours du transfert des cendres de Jean Moulin au Panthéon… Je m'adresse au général de Gaulle : « Monsieur le Président de la République, voilà donc plus de vingt ans que Jean Moulin partit par un froid matin de décembre sans doute semblable à celui-ci, pour être parachuté sur les terres de Provence et devenir… »

Silence.

… Je me suis arrêté là en fait. J'ai tenu dix secondes. Je ne sais pas ce qui s'est passé. Je n'ai pas eu de trou, le texte je le savais mais il est resté bloqué là. *(Il mime de s'étrangler)*

Sans la possibilité de passer ce cap-là. Je ne sais pas ce que j'ai eu, je me suis sans doute dit : « Qu'est-ce que je fais là ? Qui suis-je ? Pourquoi moi ? » Je me suis posé des questions qu'il ne faut pas se poser : « Pourquoi je suis dans la lumière ? Pourquoi je ne suis pas assis tranquille ou à la maison ? » Je ne sais pas ce qui s'est passé. Peut-être que j'avais eu une journée trop normale pour interpréter un héros le soir. Je n'aurais pas dû aller à la supérette. Ça m'a fragilisé. On ne peut pas pousser un caddie à 13 heures et être Malraux à 20 h 30. Et j'arrive sur scène avec cette fragilité. Je crois qu'il y a un truc animal, les gens le sentent... Alors sentant cette sorte de fragilité, de doute, les gens ont commencé à douter, à avoir peur pour leur soirée, et moi j'ai eu peur de leur peur... Il y a une sorte de ping-pong de peur... C'était au premier qui s'enfuirait, par chance ça a été moi. Enfin voilà, c'était épouvantable. En plus je me suis pris les pieds dans les marches en partant, j'ai marché sur des spectateurs, c'était lamentable. Mais je vais y retourner tout de suite.

Un temps.

Il y a une malédiction au théâtre ; vous avez toujours dans l'œil la personne qu'il ne faudrait pas, qu'on a l'air de déranger. Et là j'ai senti un type qui me fixait depuis le départ. Il était contre moi avant que j'arrive. Je crois qu'il était contre moi avant que je vienne au monde. Je pense qu'il a cherché où je jouais pour venir me signifier le fait qu'il était résolument opposé au principe même de mon existence. Il était là, bien assis, il me fixait des yeux avec un petit côté « C'est ça, André Malraux ? ». Bah non, je ne dis pas que je suis André Malraux, monsieur ! C'est du théâtre, on prétend, on suppose, on invente ensemble, c'est l'imaginaire de tous qui nous tient debout ! Je ne suis pas fou ! Si quelqu'un crie « Eh André ! » dans la rue, je ne me retourne pas ! Je sais que je ne suis pas Malraux, mais enfin le théâtre c'est ça ! On est comme des enfants. C'est le seul endroit au monde où s'il y a un morceau de plastique bleu qui bouge sur scène, on est tous d'accord pour s'exclamer : « Oh ! La mer… ! »

Un temps.

Et puis ce soir, ce type qui m'a défié, ça m'a renvoyé à un traumatisme, une sorte de drame initial. Quand j'ai commencé ce métier, mon premier grand engagement, c'était le rôle-titre dans *La Vie de Jésus*. Vous l'avez peut-être vu ?

LE RÉGISSEUR

Non.

EDOUARD

Vous n'avez rien loupé… Jésus, j'étais Jésus. Le rôle d'une vie, je m'étais vraiment préparé. Préparation physique d'abord, c'est quand même un rôle en pagne… Et puis je m'étais documenté, j'avais rencontré des gens qui l'avaient connu… Je tenais vraiment le personnage ! J'arrive en croix, trois mètres au-dessus du sol… Parce que ça commence par la crucifixion, c'est un spectacle en flash-back. Ça terminait par la crèche. Dans la paille avec un bœuf, un âne gris… Des camarades de coulisses extraordinaires… On a ri !… Donc j'arrive comme ça, vraiment j'étais Jésus ! Un mélange d'amour et de souffrance très difficile à jouer. À cette époque-là, on m'aurait craché dessus j'aurais souri, j'aurais dit « encore ! ». Mais le premier soir... Il y a un truc qui m'a déstabilisé, comme ce soir. Quelqu'un qui me fixe... Avec cette même provocation... Ce petit côté « pour qui tu te prends toi ? »... C'était un petit peu écrit dessus quand même ! Il y a écrit *La Vie de Jésus*... J'arrive en croix... Un petit effort merde !... Alors là je me suis dit : « Si je veux arriver à jouer il faut que je fasse taire ces yeux-là. » Et là c'est très compliqué parce qu'il faut rester le personnage. Donc je me suis dit : « Il faut que j'arrive à l'intimider avec le maximum d'agressivité que peut exprimer Jésus ». *(Il fait le regard d'autorité de Jésus)* Alors je suis allé jusqu'au maximum, je suis allé jusqu'à... *(Il fait à nouveau le regard d'autorité de Jésus)* Et non le type insistait, c'était horrible ! J'étais muet, paralysé. Incapable de jouer, je sentais trop de... On a besoin d'amour pour jouer... Je n'aurais pas été attaché, je me serais enfui. Et là j'ai été sauvé par l'acteur qui faisait Ponce Pilate, vous l'avez peut-être connu, Bernard Blangin ? Très bon acteur, très alcoolique. Il a enchaîné son texte l'air de rien… Ça a tout détendu… C'est ça que j'ai vécu à nouveau ce soir et comme j'étais libre de mes mouvements, j'ai… Voilà, bon. Je vous laisse alors. Ça commence là, non ? Les acteurs vont arriver ?

LE RÉGISSEUR

Oui, on va commencer.

EDOUARD

De toute façon moi j'y retourne.

Edouard s'assoit. Il observe le décor.

EDOUARD

C'est un bar ici non ?

LE RÉGISSEUR

Oui, enfin c'est un décor.

EDOUARD

Oui, j'ai compris. Je sais bien que ce n'est pas un vrai bar. Il y a un petit indice… Dans un vrai bar il y a beaucoup moins de gens assis en face. Alors donc il y a un bar, *Le Dernier*

Bar avant la fin du monde, et vous, vous faites quoi là-dedans ?

LE RÉGISSEUR

Moi au départ je suis régisseur.

EDOUARD

Ah bravo ! Beau boulot, j'adore ça. Donc vous êtes le régisseur du théâtre... Ça commence, les lumières... Et là vous, vous filez en coulisses.

LE RÉGISSEUR

Non, parce que j'ai un petit rôle dans le spectacle.

EDOUARD

Ah vous êtes régisseur et acteur ?

LE RÉGISSEUR

Oui.

EDOUARD

Deux emplois un salaire. C'est un modèle économique d'avenir ça ! Et qu'est-ce que vous jouez dans le spectacle ?

LE RÉGISSEUR

Je fais le barman.

EDOUARD

Ah oui d'accord, donc vous êtes à la fois régisseur, acteur, barman... *(Un temps. Inquiet)* Qui me parle là ?

LE RÉGISSEUR

C'est moi.

EDOUARD

Oui, mais c'est très vague « moi », parce qu'il y a plein de « moi ». Suivant l'humeur, suivant ce qu'on a fait la veille, la météo, la fatigue, si on a mangé trop gras, qui on a croisé juste avant, s'il y a la clim, si... Pardon ce sont mes angoisses à moi ! *(Il prend la brochure posée sur la table)* Ça, c'est ?

LE RÉGISSEUR

Le prospectus... On le distribue aux spectateurs avant la pièce.

EDOUARD, *il lit*

« *Le Dernier Bar avant la fin du monde*, création collective par la compagnie du Point d'Interrogation »... Pas de problème d'ego comme ça ! *(Il ouvre la brochure)* Et là ?

LE RÉGISSEUR

Ça, c'est les meilleures phrases du spectacle. Pour faire envie.

EDOUARD

Ah. *(Un temps. Il lit. Gêne)* Par écrit ça rend souvent moins bien. *(Il tourne la page et reprend sa lecture)* « *Le Dernier Bar avant la fin du monde,* un spectacle à déguster jusqu'à plus soif ».

LE RÉGISSEUR

Trait d'humour !

EDOUARD

C'est très frais. Je suis passionné par l'humour ! *(Il poursuit sa lecture)* « Un néon *(le régisseur pointe le néon)*, un comptoir ; dans le silence de la nuit tout peut arriver. Un barman seul s'apprête à ouvrir son établissement. Lorsque soudain dans le silence assourdissant », pas facile l'allitération en « s », « un téléphone sonne, allô ».

Le faux téléphone du comptoir sonne. Le régisseur décroche, l'autre se précipite vers lui.

EDOUARD

Attendez, attendez, laissez-moi faire !

Edouard s'empare du téléphone.

LE RÉGISSEUR

Non non non !

EDOUARD, *exalté comme un enfant*

S'il vous plaît, je m'en vais juste après ! Je suis un fou des pièces qui commencent par « allô ». C'est toute mon enfance. Ça me rappelle *Au théâtre ce soir*, les grandes pièces de Boulevard ! Jacqueline Maillan, Maria Pacôme ! J'adorais ça ! On s'assoit, on voit le décor, on se dit : « Dis donc, ils se sont foulés, ça fait plaisir ! » Puis on entend le téléphone qui sonne « dring dring ! »… Y a une voix qui remonte des coulisses… « J'arrive ! »… *(Il se précipite derrière la porte du décor)* On ouvre la porte, l'acteur entre…

(Il joue l'acteur de Boulevard qui fait une entrée en saluant le public et en allant chercher les

JACQUES JOUANNEAU
ANDRE
FRANÇOIS
PERIER
MAINS
PIÈCE EN 7 TABLEAUX DE
JEAN-PAUL SARTRE

applaudissements) « Oh mes enfants ! Encore ce maudit téléphone ! Allô ! » *(Au régisseur)* C'est pas ce « allô »-là ?

LE RÉGISSEUR

Non...

EDOUARD

Attendez, attendez, je vais le trouver ! Plus dynamique peut-être, plus Christian Clavier ! *(Imitant l'énergie de Christian Clavier)* « Allô... Je te jure... Allôôôô !! »

LE RÉGISSEUR, *qui essaie en vain de reprendre le téléphone*

Non mais...

EDOUARD

Attendez, je vais le trouver... !! Je sais... C'est le « allô » coupable, la mauvaise foi ! *(Il en fait des tonnes)* « Allô ! Oui je viens d'arriver dans notre maison de Trouville... Si je suis seul, mon amour ? Mais enfin, évidemment ! Avec qui veux-tu que je sois ! » *(Au régisseur)* Cachez-vous ! *(Plus calmement)* C'est celui-là ?

LE RÉGISSEUR, *reprenant le combiné*

Non. C'est juste *(sur un ton neutre)* : « Allô ? Vous demandez François ? Oui je vais le chercher. » *(Le régisseur raccroche et indique la porte)* Et là François entre.

EDOUARD, *déçu*

C'est un petit « allô » ça ! C'est un « allô » qui raccroche avant d'avoir décroché... Je suis déçu, et puis en plus votre François je vous signale qu'il n'entre pas là...

LE RÉGISSEUR

Bah non, c'est votre faute, vous avez dit n'importe quoi ! C'est un acteur qui est très *(il mime l'étroitesse d'esprit)*, s'il n'a pas « allô », la réplique précise, il n'entre pas. On doit attendre qu'il se reconcentre... Et il fera sonner.

Ils sont interrompus par le téléphone portable d'Edouard qui vibre dans sa poche.

II

Edouard décroche.

EDOUARD, *parlant tout à coup d'un ton beaucoup plus bas et plus doux*

Allô ? Oui, Roger… Oui, je me suis enfui… Je l'ai constaté aussi, oui… Non, je ne t'ai pas prévenu, c'est le principe de la fuite… Non, mais Roger… Dans la vraie vie on ne laisse pas un mot sur la table « mes chers parents je ne m'enfuis pas, je vole »… Tu peux faire une annonce. Une annonce au public… Roger, je ne sais pas, c'est toi le régisseur… Tu annonces à la salle que tout va bien, que je reviens, enfin un truc équivalent, je sais pas… J'entends mal… Allô ?

(Au régisseur) Ça ne passe pas bien chez vous, là. *(Au téléphone, à Roger)* Attends, ne quitte pas, une seconde. *(Au régisseur)* C'est possible d'appeler sur ce téléphone-là *(indiquant le faux téléphone sur le bar)* ?

LE RÉGISSEUR

Non. C'est un faux téléphone.

EDOUARD

Il n'y a pas un faux numéro ?

LE RÉGISSEUR

Si, mais avec une fausse sonnerie.

EDOUARD

Il n'y a pas un autre téléphone ici ?!

LE RÉGISSEUR

Il y en a un dans la loge de Jean Rochefort.

EDOUARD

Voilà ! Le téléphone de Jean Rochefort ! C'est quoi le numéro ?

LE RÉGISSEUR

Magenta 12 34 !

Le régisseur sort de scène par la porte du décor.

EDOUARD, *au téléphone, à Roger*

Roger, tu peux appeler sur « Magenta 12 34 » *(Il raccroche)* Il a joué ici Jean Rochefort ?

LE RÉGISSEUR, *des coulisses*

Oui, il y a longtemps.

Le régisseur entre avec un très vieux téléphone.

EDOUARD

Ah oui, il y a un certain temps, en effet...

Le téléphone de Jean Rochefort sonne. Il décroche.

EDOUARD

Allô !... Non, monsieur, ça n'est pas Jean Rochefort. Comment ça « pourquoi » ? C'est une question insoluble ça, pourquoi on est quelqu'un et pas quelqu'un d'autre... Ça m'angoisse un peu en fait, pardon ! Je... Je vais raccrocher... J'attends un appel, un appel un petit peu plus concret... Je dois libérer la... Non, je ne dis pas qu'il y a une priorité des vivants sur les morts. Qu'est-ce qui vous prend à dire des phrases comme ça ? Mais monsieur, personne... Personne ne va bien... Voilà, on se débrouille. Oui vous, vous avez trouvé une solution, c'est d'appeler chez des gens que vous avez admirés, je ne vous juge pas, monsieur... Bon, monsieur Modiano, je vais raccrocher, là !... Quoi ?... Jean Rochefort aurait été plus aimable ? Un jour, on sera tous aimables et il sera trop tard !

Il raccroche. Le téléphone sonne à nouveau, il décroche.

EDOUARD

Allô ?... Ah non ! Il faut arrêter maintenant, monsieur !... Quoi ? Mais non je ne vais pas faire ça, je ne sais pas le faire !... Si, j'ai envie de vous faire plaisir... *(Un temps)* Bon d'accord, mais juste après vous raccrochez ? *(Il tente de prendre la voix de Jean Rochefort)* « Allô, mon petit, tu sais que tu m'emmerdes un petit peu, là... » Quoi ?! Philippe Noiret ?

LE RÉGISSEUR, *discrètement*

Ouais, c'est Noiret ça...

EDOUARD

Ce n'est pas Philippe Noiret, vous m'avez demandé Jean Rochefort, je vous fais Jean Rochefort !... Bon d'accord, dernière tentative ! *(Il tente une imitation de Jean Rochefort à nouveau)* « Allô, c'est toi mon grand ? Quand tu m'appelles, ça me rend dingue ! »... Jean-Pierre Marielle ?! *(Le régisseur acquiesce)* Non, monsieur, vous m'avez dit Rochefort, je fais ce que je peux. *(Imitant Jean Gabin)* « Tu vas remballer ton bigophone, mon grand, ou tu vas tâter de ma gomme à effacer le sourire ! » Oui, Jean Gabin... Quoi ? Jean Gabin raté ! Merci, monsieur, bonsoir !

Il raccroche. Le téléphone sonne pour la troisième fois. Il décroche très énervé.

EDOUARD, *hurlant*

Allô, quoi encore ?! *(Soudain mielleux)* Oui, Roger... Désolé, je testais mon autorité naturelle... Non, excuse-moi, Roger... Oui, je suis comme toi, j'avais honte de moi... Non, sur le chemin, là, en quittant le théâtre, je me suis dit que ce n'était pas bien vis-à-vis de vous, tous les copains du théâtre... « Que je vous plantais comme un salaud ?... » Oui... C'est ça... C'est la phrase que je voulais dire... Quels copains ? Les copains, tous les copains, toute la famille des copains du théâtre... Je trouvais que ce n'était pas correct de... Quoi quels copains ? Mais Roger je ne sais pas précisément... Le... Le collectif ! Ce n'est pas individuellement, je n'ai pas pensé à un copain en particulier, j'ai pensé au collectif. *(Agacé, de mauvaise foi)* Roger, je ne vais pas te citer les copains à qui j'ai pensé à ce moment-là... Roger ! Je ne les sais pas les prénoms, je n'ai pas eu le temps, vous êtes quatre, je ne suis là que depuis six mois ! Les copains, quoi ! Le gros monsieur de la lumière qui est gentil, là... Le... Le mec du son avec les cheveux... Le... Le... *(On entend Roger en off crier dans le téléphone, Edouard essaie de faire bonne figure devant les spectateurs.*

Roger raccroche. Un temps. Avec autorité) Roger... Je t'interromps : j'ai réfléchi, je reviens !

Il raccroche à son tour.

III

EDOUARD, *résolu, au régisseur*

J'y retourne. *(Une musique bolchevique monte progressivement)* Il y a un moment dans la vie où il faut savoir prendre ses responsabilités. *(Au régisseur de plus en plus emphatique)* Désolé, mon vieux, vous avez été un super entracte dans mon existence. Mais là-bas il y a des gars, des hommes et des femmes qui sont restés à leur poste de travail, qui ne peuvent pas se payer le luxe d'avoir des petites humeurs comme ça. On ne laisse pas des camarades seuls au front. La vie, c'est le collectif. Y en a marre de cette société outrageusement individualiste. Ce que j'aime, c'est ça, la fraternité, la chaleur humaine, être un maillon de la chaîne. Ceux de l'ombre et ceux de la lumière, aucune différence, le même cœur qui bat, qu'on soit le porteur ou le porté ! Comme au cirque de Pékin, un plus un, plus un, plus un ! Combien de techniciens cachés dans les sous-sols de la NASA pour un cosmonaute lumineux dans l'espace ? La mano dans la mano ! La vie, c'est un relais quatre fois cent mètres ! Allez ! Quelques pas et me revoilà dans la belle équipe... La solidarité des hommes au travail... Allez ! Juste quelques mètres et c'est reparti, tous ensemble, les frangins ! *(Le haut de son corps donne l'impulsion mais ses jambes restent figées)* Allez... ! Une rue à traverser... ! Allez ma jambe, ramène-moi ! Juste ça à faire... ! Go ! On y va...

La musique s'arrête...

Ça ne marche pas... C'est très bizarre, parce que j'étais convaincu, là... Intellectuellement j'étais vraiment d'accord avec moi ; dans ma tête j'étais déjà en route... Mais mes jambes n'ont pas suivi. En concours hippique, ça s'appelle un refus à l'obstacle. La partie cavalier veut y aller, mais la partie cheval… En plus j'étais comme porté, j'entendais des musiques dans ma tête…

LE RÉGISSEUR

Ce n'était pas dans votre tête.

EDOUARD

C'est-à-dire ?

LE RÉGISSEUR

C'est un truc de théâtre, c'est Hannah qui est au son qui envoie toujours un soutien sonore pour aider quand le comédien est un peu en dessous…

EDOUARD, *gêné, à la dame de la régie son*

Bonsoir madame… Non, c'est très bizarre, c'est le corps qui…

Un temps. Calmement.

IV

EDOUARD

C'est très angoissant de sentir que son corps ne vous obéit pas. Dans le spectacle d'à côté j'évoque ça. Dans mon panthéon personnel, je parle d'Albert Camus et, dans un de ses livres, il évoque un personnage à qui il est arrivé exactement la même chose... Un homme trahi par son corps à un moment crucial... Le livre s'appelle *La Chute*. C'est l'histoire d'un grand avocat, une sorte de héros de la vie et qui un jour s'aperçoit en direct qu'il est lâche, son corps n'y va pas. Au début du livre il se décrit comme ça...

(Extrait de La Chute*)*

> « J'étais à l'aise en tout, il est vrai, mais en même temps satisfait de rien. Chaque joie m'en faisait désirer une autre. J'allais de fête en fête. Il m'arrivait de danser pendant des nuits, de plus en plus fou des êtres et de la vie. Parfois, tard dans ces nuits où la danse, l'alcool léger, mon déchaînement, le violent abandon de chacun, me jetaient dans un ravissement à la fois las et comblé, il me semblait, à l'extrémité de la fatigue, et l'espace d'une seconde, que je comprenais enfin le secret des êtres et du monde. Mais la fatigue disparaissait le lendemain et, avec elle, le secret ; je m'élançais de nouveau. Je courais ainsi, toujours comblé, jamais rassasié, sans savoir où m'arrêter, jusqu'au jour, jusqu'au soir plutôt, où la musique s'est arrêtée, les lumières se sont éteintes. »

Ce soir-là, il rentre chez lui à pied. Il vient de sortir d'une plaidoirie glorieuse, il a peut-être sauvé la tête d'un homme, il est assez content de lui et des autres. C'est la nuit dans Paris, une nuit d'hiver, sur les quais de la Seine...

(Extrait de La Chute*)*

« Sur le pont, je passais devant une forme penchée sur le parapet, et qui semblait regarder le fleuve. De plus près, je distinguais une mince jeune femme, habillée de noir. Entre ses cheveux sombres et le col du manteau, on voyait seulement une nuque, fraîche et mouillée, à laquelle je fus sensible. Mais je poursuivis ma route, après une hésitation. Au bout du pont, je pris les quais en direction de Saint-Michel, où je demeurais. J'avais déjà parcouru une cinquantaine de mètres à peu près, lorsque j'entendis le bruit, qui, malgré la distance, me parut formidable dans le silence nocturne, d'un corps qui s'abat sur l'eau. Je m'arrêtai net, mais sans me retourner. Presque aussitôt, j'entends un cri, plusieurs fois répété, qui descendait lui aussi le fleuve, mais s'éteignit brusquement. Le silence qui suivit, dans la nuit soudain figée, me parut interminable. Je voulus courir et je ne bougeai pas. Je tremblais, je crois, de froid et de saisissement. Je me disais qu'il fallait faire vite et je sentais une faiblesse irrésistible envahir mon corps. J'ai oublié ce que j'ai pensé alors. "Trop tard, trop loin…" Où quelque chose de ce genre.

J'écoutais toujours, immobile. Puis à petits pas, sous la pluie, je m'éloignai. »

À partir de ce moment sa vie bascule complètement. Il réalise qu'il n'est pas du tout le héros qu'il croyait être, qu'il s'est créé un personnage de fiction. Tout s'effondre. Il vient d'avoir la révélation de sa lâcheté. Il ne peut plus rentrer chez lui, dans sa vie d'avant. Alors il disparaît. On le retrouve quelque temps plus tard, il a échoué dans un bar à Amsterdam, là où les marins vont boire, où ça sent la morue jusque dans le cœur des frites.

Il va vers le comptoir du fond, il s'assoit au bar.

Il est au comptoir, tous les soirs, caché derrière les effluves de fumée. Il est devenu une sorte de semi-clochard, conseillé juridique occulte pour le petit peuple des ports, les dockers, les marins, les putes, les macs… Et tous les soirs, au fond de ce bar, au fond de son verre, au fond de son cœur, il revit cette nuit où sa vie a basculé, il a rendez-vous avec ce fantôme de son passé…

(Extrait de La Chute*)*

« Ô jeune fille, jette-toi encore dans l'eau pour que j'aie une seconde fois la chance de nous sauver tous les deux ! Une seconde fois, hein, quelle imprudence ! Supposez, cher maître, qu'on nous prenne au mot ? Il faudrait s'exécuter. Brr… ! L'eau est si froide. Mais rassurons-nous ! Il est trop tard, maintenant, il sera toujours trop tard. Heureusement. »

V

EDOUARD

Moi non plus, je ne peux plus y retourner. Je ne vais pas revenir sur scène face à ces gens qui m'ont vu fuir... Une fois qu'on a quitté la stature de héros... On ne peut plus la récupérer... On ne peut pas dire : « J'ai été un héros, puis non, puis finalement oui. » On ne peut pas être un héros alternatif. Il fallait tenir... Et puis quelqu'un qui se tient à nouveau debout après être tombé, c'est plus du tout le même « debout ». On ne le regarde plus pareil, on a peur pour lui, on s'inquiète... Moi, je ne veux pas inquiéter les gens, ce n'est pas pour ça que je suis monté sur scène. Alors si je voulais continuer ce métier, il faudrait que je joue des rôles plus modestes… Un homme de dos, de loin, dans le flou, la brume, avec un camion qui passe devant, tard la nuit, sur une chaîne oubliée du câble…

Un temps.

VI

EDOUARD

Je ne peux pas rentrer chez moi non plus, qu'est-ce que je vais dire à mes enfants... ? « Papa est un héros, puis finalement non. On bat les cartes. On change. Papa est un autre "papa" mais pour vous rien ne change. Vous, vous continuez ! Soyez persévérants, accrochez-vous ! Vous vous lavez bien les dents, vous vous couchez à l'heure, vous faites bien vos leçons, vous obéissez. Ne discutez pas. Faites ce que je dis, mais surtout pas ce que je fais ! »... Ça ne marche pas...

Son regard tombe sur le téléphone de Jean Rochefort.

La lâcheté en direct… Jean Rochefort… Quand j'étais adolescent il y avait un film avec Jean Rochefort que j'adorais, *Courage fuyons*. L'affiche est claire : le haut du corps de Jean Rochefort, un type très décidé, qui va vers son destin et puis, en bas, les jambes qui se carapatent de l'autre côté… *Courage fuyons* c'est l'histoire d'une dynastie de lâches. Son grand-père était lâche, son père était lâche, avec un peu de chance son fils le sera aussi… Lui, il arrive à échapper à cette malédiction à force de couches de vernis social. Il se construit une image de bourgeois français, il est pharmacien, il habite là *(il montre un immeuble dans le décor, une lumière s'allume)*, une fenêtre parmi les autres, un immeuble haussmannien des beaux quartiers de Paris ; il s'en tire à peu près : il ne se confronte à rien… La routine… Et puis un jour, on est en mai 68, il revient des courses, des courses de tous les jours, des poireaux, du beurre, du Sopalin, une baguette de pain… La vie, quoi. Et là il est pris dans un mouvement de foule. Des types en colère, des manifestants poing levé, prêts à tout casser ; Mai 68. Et là par peur, pour ne pas se faire remarquer, pour surtout être comme les autres, il se met à gueuler comme eux poing levé ; et là, sous sa fenêtre, avec eux, il saccage son propre quartier. *Courage fuyons*.

On entend un extrait du film Courage fuyons *d'Yves Robert dans lequel Jean Rochefort, qui vient d'être surpris par sa famille en plein flagrant délit de lâcheté, déclare : « Je ne pus soudain expulser de ma tête cette question que nous appellerons une question d'école et qui était : suis-je en train de toucher le fond ou atteins-je mon sommet ? »*

EDOUARD

Dans le film, il insiste, il va jusqu'à l'ascenseur, il appuie sur le bouton de son étage et, là, entre deux paliers, il appuie sur STOP... Il n'a plus le courage d'y retourner, d'affronter ces regards... Cette famille qui a vu ce qu'il est vraiment, un lâche. Il redescend, il s'enfuit. Il se demandera toujours : « C'est quoi le vrai courage ? S'enfuir ou rester ? »

Et puis un jour on repasse par hasard devant cette fenêtre, cet endroit qu'on a habité, ce qui fut nous. On se dit : « Tiens, j'ai été cette personne-là, j'ai habité là. Est-ce qu'à cette époque j'étais vraiment moi ? Est-ce que c'est maintenant que je suis moi ? Ou est-ce que ce n'est toujours pas commencé ? »

Il va s'asseoir.

Il y a des gens qui ont toujours cette sensation que ça n'a pas encore commencé, qu'ils sont en préparation. Leur vie est à venir… « Là je finis mes études, c'est dur, ça ne me passionne pas, mais bientôt je vivrai ma vie, j'aurai un bon métier… Là j'ai un métier qui ne me plaît pas vraiment, mais bientôt ça sera fini, je serai à la retraite, ce sera bien. Là je suis à la retraite, je me fais chier, je ne travaille plus, mais j'ai repéré un cimetière qui a l'air génial… » Quand est-ce qu'on peut dire « je suis dans ma vie » ?

Un temps.

Moi, un jour je suis rentré chez moi, et deux ans après, je me suis aperçu que ce n'était pas chez moi…

magenta
12.34
pardon monsieur vous avez l'heure ?
Courage
Fuyons
d'après Savignac

Le régisseur s'approche de lui qui s'est assis à table. Il lui sert un verre d'eau et s'assoit à son tour.

Je me souviens très bien. Je me suis réveillé un dimanche matin, j'étais dans mon lit, je voulais faire la grasse matinée et j'ai dit à ma femme : « Tiens, Odile, sois gentille, tu veux bien aller me chercher un café ? » Elle me dit : « Mais qui est Odile ? » Je lui réponds « Mais c'est toi Odile, ma femme ! » Elle me répond : « Non. – Mais ça fait deux ans, vous auriez pu me le dire avant ! – Ça avait l'air de vous faire tellement plaisir… »
On passe nos vies dans de fausses vies ; on est dans des vies qu'on croit être les nôtres et tout d'un coup on est dans un train, on voit par la vitre du compartiment une maison dans une campagne idéale, on voudrait être dedans… Une fenêtre ouverte sous laquelle on marche, des rires, de la musique ; on voudrait habiter là… Une femme qui passe, une illumination, on se dit « c'est peut-être ma vie qui passe »…

VII

LE RÉGISSEUR

C'est comme dans la chanson de Georges Brassens, « Les Passantes ».

EDOUARD

Oui, je me rappelle cette chanson, il l'avait chantée à cette émission qui s'appelait *Le Grand Échiquier* pour l'acteur Lino Ventura... Ça faisait...

LE RÉGISSEUR

« Toutes les femmes qu'on aime
Pendant quelques instants secrets... »

Edouard

« ...Celle qu'on voit apparaître
Une seconde à sa fenêtre
Et qui, preste, s'évanouit »

Le régisseur

« ... La compagne de voyage
Dont les yeux, charmant paysage
Font paraître court le chemin
Qu'on est seul, peut-être, à comprendre
Et qu'on laisse pourtant descendre
Sans avoir effleuré sa main »

Edouard

« ... Aux baisers qu'on n'osa pas prendre
Aux cœurs qui doivent vous attendre
Aux yeux qu'on n'a jamais revus
Alors, aux soirs de lassitude
Tout en peuplant sa solitude
Des fantômes du souvenir
On pleure les lèvres absentes
De toutes ces belles passantes
Que l'on n'a pas su retenir »

Un temps.

LE RÉGISSEUR

Moi, mon cousin il l'a vu Georges Brassens, en concert, à Bobino. Et en sortant de la salle, il a vu Georges Brassens qui a traversé la rue et qui est rentré dans un restaurant !

EDOUARD

Fin de l'anecdote ? *(Le régisseur n'a pas l'air de comprendre sa réaction. Un temps)* Non non mais pardon, ce n'est pas une critique ! Parfois quand c'est court, c'est formidable ! *(Le régisseur ne réagit pas, l'autre reprend penaud)* Non non... C'est super ! Mais c'est vrai que, nous, ce n'est pas notre cousin, alors forcément on reste un peu extérieur à l'histoire... Mais pour vous ça doit être formidable !... C'est un cousin proche ?

LE RÉGISSEUR

Non. Et je ne la tiens même pas de lui l'anecdote, c'est quelqu'un qui m'a raconté ça. Parce qu'on ne s'entend pas trop avec ce cousin...

EDOUARD, *faisant semblant de s'intéresser*

Ah, d'accord...

LE RÉGISSEUR, *très investi*

C'est un cousin du côté à mon père... Y a eu de la fauche, à l'enterrement de maminette...

EDOUARD

D'accord...

LE RÉGISSEUR

Ma grand-mère... ! Quand on a vendu la maison de maminette, toute une partie de la famille s'est déchirée. Ils se sont pas bien comportés la famille à mon père... Ils ont trop tiré sur la corde !... Mais je le sais. D'autres gens de la famille sont restés en contact avec lui et me l'ont dit. Mais, moi, je n'ai pas voulu... Moi, j'ai...

EDOUARD, *pour arrêter ce récit qui menace de durer*

Les paroles ne sont pas de Brassens, c'est d'Antoine Pol. Brassens a juste fait la musique.

Le faux téléphone sonne soudain.

EDOUARD, *se levant pour partir*

Bon ben voilà… Votre acteur doit être prêt. Merci pour tout. Je vous laisse avec votre François.

VIII

Le régisseur décroche.

LE RÉGISSEUR

Oui, allô... ? *(À Edouard)* C'est pour vous.

EDOUARD, *surpris*

Sur le faux téléphone ? *(Il prend le combiné)* Allô ? Comment tu m'as retrouvé ? Comment ça, c'est le boulot d'un agent de toujours savoir où est son comédien ? Qu'est-ce que c'est que cette phrase à la con ? Mais qui te dialogue, bon sang ?... Hein ? J'ai l'impression que tu m'infantilises, là ! En plus je te jure, m'appeler sur un faux téléphone, en crédibilité ça n'aide pas. Comment je fais si le public n'y croit pas... Non, pas le public de... Non, un autre public... Mieux... Un autre théâtre... Quoi ? Abandon de poste ? Quel est le problème ?... Mais non, je ne te demande pas vraiment quel est le problème, je le connais le problème ! C'est une expression : « Quel est le problème ! » Écoute, si c'est juste pour constater les problèmes, je n'ai pas besoin de toi... *(Un temps)* Comment ça, on assiste à la réédition de l'affaire Jésus ? Il n'y a pas d'affaire Jésus, je suis resté sur scène en Jésus !... Rien à voir avec les clous, c'était juste du courage ! *(Il descend de la scène et s'avance dans l'allée centrale... Au public)* Passez vos petits coups de fil maintenant... ou sympathisez avec le voisin... *(Il arpente la salle)* Quand est-ce que j'ai déjà fait ça ? Au cinéma ? Non, au cinéma, je n'ai jamais quitté un plateau... Non... Sur quel *Astérix* ?... Non, ça, c'est Depardieu.

(Il s'emporte contre son interlocuteur imaginaire)... Je suis au milieu d'une salle inconnue... Devant le public d'un autre spectacle, en train de crier sur un faux téléphone... Le fil

bouge dans le vide, personne ne croit en ton existence ! Je touche le fond !

Il remonte sur scène péniblement. Il raccroche.

Il y a des mètres qui sont beaucoup plus longs que d'autres… Oh, mon Dieu, la honte de ce moment-là… *(Au régisseur)* Pardon… C'est gênant pour tout le monde…

IX

Edouard se dirige vers le bar. Le régisseur est derrière son comptoir. Bruits de bar, la lumière s'éteint, néon rouge. Il s'assoit au bar.

EDOUARD

Là, c'est un moment où l'on voudrait ne pas être là. On aimerait être loin, habiter un autre pays que soi-même… Ou arriver à s'en foutre… Être tellement détaché que plus rien n'est humiliant. Il y a un écrivain que j'admirais beaucoup pour ça qui s'appelle Charles Bukowski. On avait l'impression que plus rien ne pouvait l'atteindre, insultes ou compliments, il venait de si loin, il avait grandi dans tellement de souffrances, c'était un tel miracle qu'il soit encore là, debout, que plus rien ne pouvait le faire trébucher. Charles Bukowski... Il écrivait. Pour lui. Pour être vivant. Il écrivait sans rechercher ni séduction ni provocation. Tout glissait sur lui *(rêveur)*... Le problème de nos métiers c'est qu'on les fait en public... C'est plus dur la honte en public... L'avantage des peintres et des écrivains, c'est qu'ils ont honte en privé, quoi. Quand on est ridicule devant son tableau, le tableau il s'en fout un peu, il ne vous juge pas... L'écrivain, même un mauvais jour, il ne se fait pas engueuler par son livre ; là, il y a des témoins.

Charles Bukowski... Il est mort il y a une vingtaine d'années, un héros de la contre-culture américaine. Il travaillait au tri postal. À 51 ans, il a laissé tomber, il s'est enfermé avec sa machine à écrire, sa vie a commencé. Il avait son petit appartement à Hollywood ; pas l'Hollywood du cinéma, non, celui qui tache. Le soir, il sortait pour aller puiser son inspiration dans des bars crados... Toutes les nuits, il allait prendre son plein d'histoires ; les plus belles. Celles qu'on oublie le lendemain matin. Alors il faut les réinventer. Ces moments où la nuit devient la grande partie de la journée. Il racontait qu'autant le chemin aller de sa chambre vers les bars était rectiligne... *(son élocution devient plus hésitante comme s'il avait bu)*, autant au retour ils avaient foutu des pièges... des détours... *(Le régisseur s'avance vers lui comme un patron de bar qui veut sortir un client encombrant. Edouard se débat mollement)* Holà, l'ami ! *(Il le repousse en titubant)* Tout doux, belle princesse ! *(Colère soudaine d'ivrogne)*... Oh ! À l'assassin !

Au loin on entend des sirènes de voiture de police, comme dans un polar américain. Edouard, titubant, le verre à la main, rejoint une table où l'attend une machine à écrire rétro. Un cendrier. Des cigares bon marché. Un fond de piano monte doucement. Il lit sur sa machine des extraits de Bukowski comme si c'était lui-même qui les relisait...

« Sur le fait de plaquer son job à 50 ans, je sais pas quoi dire. Il fallait que je plaque le mien. Mon corps entier morflait, pouvais même plus lever mes bras. Si quelqu'un me touchait, ce simple contact m'envoyait des vagues et décharges d'agonie. J'étais fini. Ils s'étaient acharnés sur mon corps et mon esprit pendant des décennies. Mon dernier jour au boulot, un type a glissé une remarque sur mon passage : Ce vieux a vraiment des couilles pour démissionner à *son âge*.
Je ne me rendais même pas compte de mon âge. Les années s'étaient empilées jusqu'à former un tas de merde. »
« J'ai écrit mon premier roman en 19 nuits. J'ai sifflé de la bière et du scotch assis en caleçon. J'ai écouté la radio et fumé des cigarettes bon marché. J'ai écrit des histoires cochonnes pour les magazines pornos. Ça m'a permis de payer le loyer et donné aussi l'occasion aux esprits douillets et frileux de dire : Il déteste les femmes. »
« C'était une époque sauvage plongée dans un brouillard d'alcool, j'ai eu de la chance d'en sortir. Et j'ai écrit, écrit et écrit. J'aimais les déflagrations de la machine à écrire. C'est pour elles que je me battais chaque jour. »

« LE SON DE LA MACHINE À ÉCRIRE. Parfois, je me dis que c'était la seule chose que je voulais, le son de la machine à écrire. Et une bouteille à portée de main, de la bière avec du scotch, à côté de la machine. Et retrouver des bouts de cigares, de vieux cigares, les allumer ivre mort et me brûler le nez. Ce que je voulais c'était pas tellement ESSAYER d'être un écrivain, l'idée c'était surtout de trouver quelque chose qui me fasse du bien. »

« Je n'ai ni métier ni talent particulier, et la façon dont j'arrive à rester en vie relève principalement de la magie. »

« Je ne suis pas un bon convive, le bla-bla-bla n'a jamais été ma tasse de thé. Je déteste échanger des idées – ou des émotions. J'habite un bloc de granit. Et je ne souhaite pas en déménager, car il est garanti toutes agressions. Ça fait une éternité que je m'y tapis. Ne me fourrez pas dans une pièce remplie à ras bord d'êtres humains. Jamais. Et moins encore un jour férié. S'il vous plaît. »

« Il n'y a qu'un seul endroit où écrire et c'est TOUT SEUL à la machine à écrire. un écrivain qui doit aller DANS la rue est un écrivain qui ne connaît pas la rue. j'ai connu assez d'usines, de bordels, de prisons, de bars, d'orateurs de jardins publics pour remplir l'existence de 100 hommes. sortir dans la rue quand on a un NOM c'est choisir la facilité. QUAND VOUS QUITTEZ VOTRE MACHINE À ÉCRIRE, VOUS QUITTEZ VOTRE MITRAILLETTE ET LES RATS COMMENCENT À RAPPLIQUER. »

« Tenir son journal en y consignant la moindre de ses pensées dénonce son médiocre. Moi-même, je ne m'y suis résolu que sur la pression d'un tiers, en sorte que je ne suis même pas un authentique médiocre. Mais sans que je puisse l'expliquer il ne m'en coûte aucun effort. Ça vient tout seul. Comme une coulée de merde jaillissant du cratère. »

« Les mots portent chance. Fréquentez-les, crachez-les. Soyez le bouffon du royaume des Ténèbres. C'est crevant. Vraiment crevant. Et, hop, on attaque un autre paragraphe… »

« Il n'y a rien, sinon lui-même, qui puisse empêcher un être vivant de noircir du papier. Si vous en avez réellement le désir, vous irez jusqu'au bout. Plus on vous mettra de bâtons dans les roues, plus votre volonté s'endurcira, à l'image de l'eau bouillonnante qui emporte les digues. Quant aux échecs, ne vous en souciez pas ; ils égayeront vos doigts de pieds. »

« La vie m'a écrabouillé, on ne s'est pas très bien entendus, nous deux. Elle ne m'a accordé que des bouts de rôle, jamais le haut de l'affiche. »

Tremblez enfants du péché!

X

Sur ces derniers mots une musique de western héroïque monte doucement, Edouard semble émerger d'un mauvais rêve. Soudain décidé.

EDOUARD

J'y retourne.

Il se lève et s'avance vers le devant de la scène.

J'y retourne. Là je suis prêt. J'y retourne parce que c'est trop tard… Parce que ça ne sert plus à rien, parce que plus personne ne m'attend. J'y retourne sans espoir de bravo ou peur de crachats, de haie d'honneur ou de garde à vue. J'y retourne parce qu'il faut bien faire quelque chose entre sa naissance et sa mort, sinon c'est long la vie. J'y retourne comme un petit clin d'œil à moi-même, comme un défi perdu d'avance, le plaisir du geste inutile. J'y retourne…

Petit à petit, le régisseur, comme s'il avait pris ces mots pour lui-même, quitte son bar et s'avance soudain héroïque à travers la salle vers la sortie du théâtre…

HÉ !! J'Y RETOURNE, MOI… ! *(Au régisseur sortant de la salle)* Hé ! On ne quitte pas un plateau comme ça ! Pourquoi c'est moi qui parle et c'est lui qui avance ?

La musique s'arrête.

1943

XI

Edouard comprend soudain qu'il est seul sur scène.

EDOUARD, *au public, comme s'il le découvrait pour la première fois*

Bonsoir… ! Petit moment de gêne… Je me retrouve seul dans une pièce que je ne connais pas. C'est un cauchemar. Comme quand on est enfant, que la maîtresse nous appelle au tableau pour réciter un poème et qu'on ne savait même pas qu'on avait poésie ce jour-là ! Il y a un petit côté CE2. *(À la régie son)*… Euh… La dame du son ? Qu'est-ce qui est prévu en cas de ? Peut-être que vous envoyez la sonnerie du téléphone, l'entrée de l'acteur et ça enchaîne, non ?... Non ? D'accord, pas de réponse. *(Il va au fond de la scène, sort, et appelle à l'aide en coulisses)* Au secours ! Oh, oh ? Oh... ? Il n'y a personne ? *(Il réapparaît de l'autre côté de la scène)* C'est encore moi, mais de l'autre côté ! On en est où... Voilà le prospectus *(il prend la brochure)*, voilà ! *Le Dernier Bar avant la fin du monde*, ça a l'air bien ! Quelqu'un l'a déjà vu et peut nous raconter ? J'ai l'impression de gâcher deux spectacles le même soir, l'un en partant, l'autre en restant... Alors ça va commencer je pense, bonne soirée. *(À la régie son)* Vous pouvez envoyer la sonnerie ? Téléphone... François... Tout ça... Enchaînez !... Dring dring... ? Non ?... Je vais le faire moi, à la bouche alors ! Déjà ! Il y a le décor ! On est contents... ! Le bar ! Et puis ça commence... Alors on y va, le téléphone *(il gesticule et file derrière la fausse porte)*. On entend quelqu'un arriver...

(Il imite la sonnerie et court décrocher le faux téléphone) Allô ? Oui, François ? On a failli vous attendre !

(Il court derrière la porte, off) Mes enfants, j'ai cru que je ne trouverais jamais ! *(Il entre en François. Très théâtre de Boulevard, tout au public)* Bonsoir... ! Quelle soirée !!! *(Le public applaudit, il mime la gêne, la modestie contrariée... Quand les applaudissements commencent à s'arrêter, il fait un signe de la main pour les relancer ; il arpente nerveusement la scène... comme s'il avait un trou et cherchait son texte... pour meubler, il enchaîne les onomatopées...)* Avec du texte ce serait mieux quand même...
(Fébrile, au public) Qu'est-ce que vous êtes venus voir ? *(Il regarde à nouveau le prospectus du spectacle resté sur la table) Le Dernier Bar avant la fin du monde*... Ce n'est peut-être pas une comédie... C'est peut-être plus inquiétant... La fin du monde... C'est peut-être géographique... La fin... Le bout du monde... L'extrême Ouest... ou Est ! La fin du monde occidental ? Ah oui ! C'est ça ! C'est une pièce qui se passe tout au bout, à l'Est... En Sibérie ! Mais oui ! C'est du cyrillique, je

lisais à l'envers ! Le dernier bar avant l'hiver… Il fait froid… L'angoisse est là !… Déjà on est en Sibérie donc on doit être puni de quelque chose !… Dans ce bar il y a… une envie de vodka, bien sûr !… Dernier verre ! Ah ! il fait froid, besoin de vodka, allô ! Où est la vodka ?! Le camarade Staline nous a offert un nouveau téléphone ! *(Il court décrocher le faux téléphone)* Allô, petit frère ! François Dimitriovitch ! Dépêche-toi, apporte à boire ! *(Il raccroche)* Un des meilleurs accents russes que vous trouverez dans le métier ! *(Il fait une nouvelle entrée en misérable paysan russe. Il s'arrête, consterné de lui-même)* C'est pathétique !

On va y arriver… Même si on doit y passer un mois ! Vous l'avez voulu, vous allez l'avoir ! Je vais faire de mon mieux, sinon je vous laisserai essayer le mieux de quelqu'un d'autre… *(Il réfléchit)* Le dernier bar… La fin du monde… Qu'est-ce que ça peut être ? Mais non ! Bien sûr ! C'est une pièce sur l'actualité ! C'est une pièce sur l'écologie, la culpabilité ! C'est la fin du monde, la faute à qui ? Oui ! Il y a un côté « la forêt amazonienne brûle, et nous, on est là tranquilles ! ». C'est une pièce pour qu'on se sente mal, après on se sent bien de s'être senti mal, c'est formidable ! Sans doute que depuis que j'ai commencé à parler, 52 000 espèces vivantes ont disparu !... C'est la fin du monde... Il faut lutter... Empêcher ça !... Mais que font les gens dans ce bar ? Ils luttent avec leurs moyens... Ils boivent un coup ! Ils commentent : « Merde, t'as vu ce qui se passe ?... Je reboirais bien un coup ! » Après on est au théâtre, il faut qu'il se passe quelque chose... Dans un vrai bar on serait tranquilles, mais là... Des gens vont venir les convaincre de se battre contre la fatalité !... Un prêcheur va arriver... C'est François qui est peut-être un moine ! Frère François ! Il vient ré-évangéliser ! Culpabiliser les hommes... Non au renoncement !... Mais pour que frère François arrive, il faut un délateur. Un type qui fait semblant de boire pour écouter... Tout ce défaitisme... Et les dénoncer... Appeler l'Église... frère François... à la rescousse... Je me propose d'interpréter le délateur !

(Il s'assoit à la table de Bukowski et joue le délateur) Alors il est là, et il se dirige vers le téléphone… Une des plus belles démarches de salaud jamais réalisée ! *(Il va vers le téléphone à petits pas, recroquevillé sur lui-même. Au téléphone)* Allô ? Frère François, sauvez-les… Ils boivent ! *(Il se dirige vers la porte pour une nouvelle entrée. Il entre en brandissant sa chaussure comme une croix. Il s'exprime avec un étrange accent)* Tremblez, enfants du péché ! Babylone, tu déconnes ! Hommes de peu de foi ! Alcooliques mondains ! Vous vous réfugiez dans des boissons frelatées… *(Il s'arrête net)* Pourquoi l'accent stéphanois ?… C'est une mauvaise idée la chaussure. C'est fou parce que, au moment de l'enlever, je me suis dit : « Ne le fais pas ! » Je sentais qu'il y aurait peu d'apport dramaturgique. Parce qu'à aucun moment vous n'allez rentrer chez vous et vous dire : « Ah le moment où il a enlevé sa chaussure… j'y étais… du génie ! » *(Il se rechausse)* Et on ne pense jamais au moment où il faut la remettre… Très long ! Que c'est long…

Ça doit être fatigant de voir quelqu'un se débattre comme ça... Ce déploiement d'énergie... Quand je suis arrivé ici, je me suis dit qu'il y avait quelque chose de si fort dans cet endroit... Tous ces lieux chargés d'histoire, comme quand on rentre dans une église un après-midi d'été... Une intensité... Qu'au fond c'est déjà si fort, si plein, qu'il suffirait de s'asseoir, ne rien faire, se taire, le silence... On est bien. Parce qu'en plus on sent tellement la présence du passé, c'est émouvant d'imaginer tous ceux qui sont venus avant nous, qui se sont assis là, avant vous, à votre place... Les grandes soirées... Les Premières, l'excitation... L'émotion... Les soirs de *(il lit sur un mur)* 1897 !... Ça fait rêver... Ça devait être des soirées magiques !... *(Il lit sur un autre mur)* 1943 !... Autre ambiance...

C'est beau aussi dans le théâtre toutes ces affiches... Tous ces grands textes qui ont été dits ici... La mémoire des mots... Je regardais en entrant... Des pièces de

Pierre Brasseur
Boris Vian
Je voudrais
pas crever

Sartre, Pinter... Et ces grands acteurs, Paul Meurisse, Jeanne Moreau, Jean Rochefort, Delphine Seyrig...
Et je me dis, peut-être que ces textes qu'on dit là sur scène en levant la tête... Les mots montent... Les voix s'envolent là-haut dans les coursives, rentrent dans des vieux tuyaux, voyagent dans les conduits d'aération... Et peut-être elles ressortent un soir ces voix fantômes... Ces beaux textes... Des années après... Peut-être ce soir... On serait sauvés... À moi les fantômes ?

Un temps. Soudain une voix sort de la radio sur le bar et annonce Pierre Brasseur dans le texte de Boris Vian Je voudrais pas crever. *Edouard enchaîne la suite du poème, puis se mêlent les voix de Jean Rochefort et de Jean-Louis Trintignant. S'ensuivent des allers-retours entre ces grandes voix et Edouard.*

« Je voudrais pas crever
Avant d'avoir connu
Les chiens noirs du Mexique
Qui dorment sans rêver

Les singes à cul nu
Dévoreurs de tropiques
Les araignées d'argent
Au nid truffé de bulles
Je voudrais pas crever
Sans savoir si la lune
Sous son faux air de thune
À un coté pointu
Si le soleil est froid
Si les quatre saisons
Ne sont vraiment que quatre
Sans avoir essayé
De porter une robe
Sur les grands boulevards
Sans avoir regardé
Dans un regard d'égout
Sans avoir mis mon zobe
Dans des coinstots bizarres
Je voudrais pas finir
Sans connaître la lèpre
Ou les sept maladies
Qu'on attrape là-bas
Le bon ni le mauvais
Ne me feraient de peine
Si si si je savais
Que j'en aurai l'étrenne

Et il y a z aussi
Tout ce que je connais
Tout ce que j'apprécie
Que je sais qui me plaît
Le fond vert de la mer
Où valsent les brins d'algues
Sur le sable ondulé
L'herbe grillée de juin
La terre qui craquelle
L'odeur des conifères
Et les baisers de celle
Que ceci que cela
La belle que voilà
Mon Ourson, l'Ursula
Je voudrais pas crever
Avant d'avoir usé
Sa bouche avec ma bouche
Son corps avec mes mains
Le reste avec mes yeux
J'en dis pas plus faut bien
Rester révérencieux
Je voudrais pas mourir
Sans qu'on ait inventé
Les roses éternelles
La journée de deux heures
La mer à la montagne

La montagne à la mer
La fin de la douleur
Les journaux en couleur
Tous les enfants contents
Et tant de trucs encore
Qui dorment dans les crânes
Des géniaux ingénieurs
Des jardiniers joviaux
Des soucieux socialistes
Des urbains urbanistes
Et des pensifs penseurs
Tant de choses à voir
À voir et à z-entendre
Tant de temps à attendre
À chercher dans le noir
Et moi je vois la fin
Qui grouille et qui s'amène
Avec sa gueule moche
Et qui m'ouvre ses bras
De grenouille bancroche
Je voudrais pas crever
Non monsieur non madame
Avant d'avoir tâté
Le gout qui me tourmente
Le gout qu'est le plus fort

Je voudrais pas crever
Avant d'avoir gouté
La saveur de la mort... »

Edouard dit la fin du texte dans la salle.

XII

Edouard remonte sur scène. Il va s'asseoir. Long silence.

EDOUARD

Je ne sais plus quoi faire de nous... On est enfermés dans une sorte de... prison mentale... *(Un temps)* Au théâtre on ne sait plus si le monde existe en dehors ni l'heure qu'il est... On est en boucle... en vase clos... *(Un temps)* Il y a un écrivain qui m'obsède, Thomas Bernhard, qui est un spécialiste de ces situations... Cette pensée qui tourne sur elle-même, sans vraie évolution, ce sur-place obsessionnel... Il tourne sur lui-même comme une toupie... Thomas Bernhard c'est un génie pour comprendre sa souffrance, l'analyser, la disséquer... Sans jamais aller dans le sens de la résoudre. Dans un de ses livres, *Des arbres à abattre*, il lui arrive un peu comme à moi ; son corps l'a amené quelque part où il ne voulait pas être, il a accepté malgré lui un dîner artistique chez les Auersberger, des gens de la vie culturelle viennoise des années 1980... L'intitulé fait frémir... Pendant tout le livre il se regarde être là à ce dîner... Il se dégoûte lui-même... Ces gens le dégoûtent... Il se dégoûte de son propre dégoût... Il finit par arriver à partir, mais c'est plus lié à un mouvement général... Comme un mouvement de marée, de flux et de reflux qui l'emmène dehors, et là il s'entend faire un compliment à Mme Auersberger pour son dîner « artistique »... Il est à la limite de lui dire des choses horribles comme « à bientôt ! »...

Il sort le livre de sa poche.

« Pendant vingt ans, je n'ai plus vu la Auersberger et, au fond, je la hais, et voilà qu'en partant, je l'embrasse sur le front. Tu l'as embrassée sur le front, me dis-je ensuite continuellement, et, songeant à cela, je m'emportai contre moi-même tout en marchant à travers la ville encore sombre. Et je pensai : si seulement j'étais parti avec les autres, au moins me serais-je épargné cette dernière abjection. Mais le fait est que je n'avais pas voulu partir avec les autres.

Je me reprochai maintenant d'avoir embrassé la Auersberger sur le front après vingt ans, peut-être même après vingt-deux ou vingt-trois ans au fil desquels je n'avais fait que la haïr, ni plus ni moins, d'une haine qui n'avait d'égale que ma haine pour son mari, Auersberger, et de lui avoir menti en lui disant que son prétendu *dîner artistique* avait été un plaisir pour moi alors que je l'avais trouvé ni plus ni moins qu'infect.

Mais quand il s'agit de se tirer d'une situation critique, nous nous montrons tout aussi menteur que ceux à qui nous reprochons constamment de n'être que des menteurs, tous ces gens que nous traînons dans la boue et que nous méprisons pour cette raison voilà la vérité ; nous ne valons absolument pas mieux que ces

gens que nous trouvons constamment insupportables et ignobles, absolument pas mieux que toutes ces personnes abjectes auxquelles nous ne voulons avoir affaire que le moins possible, alors que nous devons admettre, pour être franc, que nous avons constamment affaire à elles et que nous sommes exactement pareil qu'elles.
Nous reprochons à tous ces gens d'être insupportables et abjects sous tous rapports, or nous ne sommes nous-mêmes pas moins insupportable et abject, et peut-être même sommes-nous encore beaucoup plus insupportable et abject qu'eux, comme je le pense.
Et je courais par les ruelles comme si je fuyais un cauchemar, de plus en plus vite, vers le centre-ville, et tandis que je courais, je ne savais pas pourquoi je courais vers le centre-ville tandis que j'aurais évidemment dû courir, non pas vers le centre-ville mais exactement dans la direction opposée, si je voulais rentrer à la maison, mais sans doute ne voulais-je pas du tout rentrer à la maison maintenant, et je me dis, si seulement j'étais resté à Londres cet hiver, et il était 4 heures du matin et je courais

vers le centre-ville bien que j'eusse dû courir à la maison, et je me dis que j'aurais dû à tout prix rester à Londres, et tout en courant vers le centre-ville sans savoir pourquoi vers le centre-ville et pas à la maison, et je me dis que Londres m'avait toujours porté chance mais que Vienne m'avait toujours seulement porté la poisse, et je courais et courais et courais, et tandis que je courais, je pensais que je fuyais le cauchemar auersbergérien, et je mis effectivement de plus en plus d'énergie à fuir ce cauchemar auersbergérien et à courir vers le centre-ville, et tout en courant, je pensai : cette ville à travers laquelle je cours, pour effroyable qu'elle me paraisse et m'ait toujours paru, est décidément quand même la meilleure ville pour moi, cette Vienne que j'ai toujours haïe est quand même tout à coup de nouveau pour moi la meilleure, ma meilleure Vienne, et ces gens que j'ai toujours haïs et que je hais et que je haïrai toujours sont quand même les meilleurs pour moi, je les hais mais ils sont émouvants, je hais Vienne mais Vienne est quand même émouvante, je maudis ces gens mais je suis quand même forcé de les aimer, je hais Vienne mais je suis quand même forcé de l'aimer, et je pensai, tandis que je courais déjà à travers le centre-ville, cette ville est quand même ma ville et elle sera toujours ma ville, et ces gens sont mes gens et seront toujours mes gens, et je courais et courais et pensais que j'allais écrire quelque chose sur ce prétendu *dîner artistique* dans la Gentzgasse, quoi, je n'en savais rien, mais *quelque chose* là-dessus, tout simplement, et je courais et courais et pensai, je vais *immédiatement* écrire quelque chose sur ce prétendu *dîner artistique* dans la Gentzgasse, peu importe quoi, uniquement écrire quelque chose sur ce *dîner artistique* dans la Gentzgasse, mais *immédiatement* et *sans délai*, *immédiatement*, pensai-je, *sans délai*, pensai-je encore et encore tout en courant à travers le centre-ville, *immédiatement* et *sans délai* et *immédiatement* et *immédiatement* avant qu'il ne soit trop tard. »

Fin de l'extrait, il est assis à table. Un silence.

EDOUARD

On ne peut pas mener la vie de quelqu'un d'autre… Ça n'existe pas.

Le faux téléphone sonne sur le comptoir. Edouard émerge de sa rêverie, hésite à aller décrocher puis se décide.

XIII

Edouard

Allô ? *(Très doux)* Chérie, c'est toi ? Tu es à la maison ? Les enfants sont couchés ?… Attends, ça me gêne de te parler sur un faux téléphone, je vais te parler hors téléphone, ça sera plus réaliste. *(Edouard repose le téléphone au comptoir et s'avance)* Ils t'ont prévenue ?… Je ne voulais pas qu'on te le dise, j'avais peur que tu t'inquiètes… Ah, tu ne t'inquiètes pas… Oui… Oui, je m'en tire toujours… Non, je suis content que tu ne sois pas inquiète… Même si objectivement c'est inquiétant, je suis content que tu ne sois pas inquiète… Si, j'aurais préféré que tu t'inquiètes un petit peu… Pas inquiétée dans le sens inquiétude, mais inquiétée dans le sens soutien… Mais si, tu me soutiens, pardon… Non, chérie, ne t'inquiète pas, tout va mal, tout va bien, c'est pareil… Non, je veux dire, rien ne s'arrange jamais, donc ça ne sert à rien de s'inquiéter… Non, je cherche juste à ne pas t'inquiéter, chérie… Oui, c'est maladroit… Quoi ?… Non… Pourquoi, pourquoi tu me dis ça maintenant ?… Tu sentais que ça n'allait pas ce soir ?… Non, tu ne m'as jamais dit de commencer par Napoléon plutôt que Malraux… Non, on n'en a pas parlé avant que je sorte… Non, là, on est après… Pourquoi tu me dis après que tu me l'avais dit avant ?… Non, c'est maintenant que tu me le dis, mais là on est après… Non, c'est après que tu dis que tu l'avais dit avant, mais avant tu ne l'as pas dit… Non, ce n'est pas pareil, chérie !… Ceux qui le disent vraiment avant ne sont pas forcément ceux qui disent après qu'ils l'avaient dit avant… De toute façon je n'aime pas quand tu me dis quoi faire… Arrêtez tous de vouloir vous mêler du spectacle… Quoi « tous » ?…

Non, je dis « tous » parce que je pense à mon agent qui m'a dit aussi... Si tout le monde s'y met... Non, je ne te mets pas dans le même sac que tout le monde... Il n'y a pas de sac de toute façon... Et même s'il y avait un sac, tu n'es pas dedans... Non, il n'y a pas de sac... Arrêtons avec les métaphores d'objets, je t'en supplie ! Je n'ai jamais dit que tu fais partie de « tout le monde »... De mon entourage... Non, chérie, tu ne fais pas partie de « mon entourage »... Tu es hors entourage... Tu es au-dessus !... Tu es hors liste... Chérie, arrête ! Non, pas tout le monde... *(Il hurle)* Bon là tu m'emmerdes beaucoup plus que tout le monde !!!... Mais non, ce n'est pas méchant, c'est gentil, si tu arrives à m'emmerder c'est que je tiens à toi... Que je t'aime... Les gens dont on se fout, ils ne nous emmerdent pas vraiment... Je ne dis rien de désagréable, c'est mon ton qui est désagréable ! Il y a des gens qui disent sur un ton très aimable des saloperies, moi je te dis que je t'aime en hurlant !!! *(Un temps)* Non, je ne suis pas fier de moi... Oui, je me calme. *(Un temps)* Quoi... Pourquoi ça tombe spécialement mal ce soir ? *(Un temps)* Qui était dans la salle ?… Bernard d'Anglejan ?… C'est très emmerdant, mais je ne sais pas qui c'est… Ton opticien était dans la salle ?… Je prends la mesure du drame… Mais non je ne me moque pas de ton opticien, c'est le côté possessif, tu dis « mon » opticien, ça me fait bizarre… Non, c'est le « mon », je ne m'y fais pas ! « Mon opticien, mon boulanger »… Non, « mon dentiste » à la limite on peut, il met les doigts dans notre bouche, c'est intime ! Hein ?… Mais si, j'aime tes lunettes !… Non, ce n'est pas contre tes lunettes, ça n'a rien à voir… Si, je l'ai fait ! Si, je me souviens avoir dit du bien de tes lunettes… Chérie, j'aime tes lunettes, j'en suis dingue ! J'aimais celles que tu as perdues, j'aime celles-là, j'aimerai les nouvelles quand tu auras perdu celles-là… Non mais, sans lunettes aussi ! Oui ! J'aime tes yeux aussi !… Si, elles te vont bien ! Ce n'est pas ce que je… J'aime tout, tes lunettes, j'aime tes yeux… Oui, tes lentilles aussi… 1 : œil ; 2 : lentilles ; 3 : lunettes. Chérie… Je t'aime avec lunettes, sans lunettes, avec lentilles, sans lentilles, avec œil, sans œil, j'aime tout, chérie. *(Un temps)* On n'y arrive pas... Je raccroche symboliquement *(Il fait le geste)*.

Un temps, très abattu, il va pour partir par le fond de la scène en chantonnant.

XIV

Edouard fait volte-face et revient vers le devant de la scène.

EDOUARD

Non mais, en fait… Quand je joue à côté, je commence par Malraux… Après j'évoque d'autres personnages que j'ai beaucoup admirés, comme Albert Camus, Romain Gary… Quand j'avais 15 ans, j'avais l'impression que c'étaient des gens qui changeaient la vie, même si on ne peut pas tellement changer les choses au fond, les grands événements, l'histoire en marche, on peut changer le point de vue. La façon de les vivre. Et je trouvais que les mots, quand ils n'étaient pas menteurs ou manipulateurs, ils nous tenaient à bout de bras, ils nous faisaient la vie en beau. Bon, c'est vrai qu'à un moment j'ai hésité à évoquer Napoléon. J'y ai renoncé. Enfant, j'avais une passion pour lui. Ça me fascinait qu'un homme puisse galvaniser des armées entières, comme ça, avec juste les mots... Et avant l'invention du micro ! Je ne sais pas comment il faisait ! Comment il parlait à toutes ces armées comme ça ? Sans micro. Dans les livres d'histoire quand on était petits, il y avait cette image, c'était la campagne d'Égypte, il est encore général, il montre les pyramides à ses soldats, il leur dit : « Soldats, du haut de ces pyramides, quarante siècles vous contemplent ! » Et on voit les gars... *(Il mime l'extrême fierté des soldats)* Donc l'info passe ! Mais comment fait-il ? Quelle force vocale ? Est-ce qu'il met ses mains en cornet ? Est-ce qu'il joue avec les vents, les rebonds du vent sur le relief... ? Est-ce qu'il y a des relais ? Des types qui courent, « qu'est-ce qu'il a dit ? », « une seconde coco, quelqu'un arrive ! ». Parce que sinon *(il mime les soldats qui au fur et à mesure de leur éloignement entendent de moins en moins)...*

Je voulais le faire sur scène, un homme seul qui galvanise une foule à voix nue... Mais comment ? La Grande Armée, avant la campagne de Russie, c'est près de 800 000 soldats ! Je ne sais pas comment on s'adresse à 800 000 personnes... J'ai poussé l'idée. Bon, il faut réunir l'armée déjà. Il faut réunir 800 000 personnes ! Trouver un endroit pour 800 000 personnes. Un local. Ou un plein air. Se faire prêter un champ, ou une location... Bon, admettons. Ensuite il faut les aligner. En ordre. Il y a peut-être des métiers oubliés de la Grande Armée... Le metteur en rangs ! Bon, imaginons, ils sont là... On les aligne par rangs, on va dire de 100... 100 c'est déjà... *(Il regarde la salle de droite à gauche)* Oui, c'est cinq fois le théâtre, c'est déjà une déperdition d'énergie pour parler de droite à gauche, mais d'accord, admettons, Napoléon peut faire ça ! On a 100 en largeur, 800 000 soldats, ça fait 8 000 rangées de 100 ! Et je ne peux pas les coller en plus ! Je ne peux pas coller des soldats ! Il suffit qu'il y en ait un avec l'épée un peu baladeuse, le mec derrière... *(Il mime un soldat ventre ouvert qui perd ses intestins)* Donc il faut une distance, on va dire... 2 mètres ! Voilà, 2 mètres, on est tranquilles ! 2 mètres, multiplié par 8 000... Ça fait 16 000 mètres... 16 kilomètres... J'ai 16 kilomètres de rangées ! Ça veut dire que si Napoléon décide de prendre la parole, là, que le premier rang est là *(il désigne le premier rang du théâtre)*... Le dernier est à Marly-le-Roi ! *(Un temps)* En plus Marly-le-Roi c'est pavillonnaire, les gens veulent être peinards... C'est très compliqué...

Alors je me suis dit qu'il valait mieux faire l'autre Napoléon, l'intime, celui qui était proche de chacun de ses soldats. J'avais lu ça, que Napoléon connaissait tous ses fidèles grognards, il leur tirait l'oreille, c'est magnifique. Et c'est plus facile au niveau vocal. Des visites individuelles... J'avais failli commencer le spectacle comme ça. La nuit, ciel étoilé, des brasiers, le bivouac, l'Empereur qui passe. Il va aller visiter chacun de ses 800 000 soldats.

Il va les galvaniser un par un. Il s'approche, frappe à chaque tente « toc toc toc ». Bon, il le fait à la bouche parce que, sur les toiles, le poing ça ne fait pas de bruit. Le type ouvre. « Vous êtes… ? – Oui ! » Ils discutent un petit peu, le type sort ses photos, s'il a une femme c'est une photo de sa femme, s'il n'en a pas c'est une photo de personne… Moment intense, émouvant, poignées de main. Et je me suis dit : « Combien de temps il faut pour galvaniser un type et qu'il ait envie de mourir pour vous le lendemain ? » Il faut quand même rester au moins deux minutes, non ? Sinon… Alors imaginons deux minutes par grognard… Deux minutes fois 800 000, 1 600 000 minutes, 60 minutes égale une heure, ça fait *(il calcule mentalement)*… 26 600 heures… 24 heures, un jour… 7 fois 24… 168 heures égale une semaine… Deux ans et demi ! J'ai deux ans et demi de galvanisation ! J'imagine l'armée d'en face *(regardant sa montre, impatient)* « bon les gars, vous vous décidez !? ». Alors j'ai renoncé, je suis passé directement aux orateurs après l'invention du micro.

Il va se placer derrière le bar et sort un micro qu'il place devant lui, transformant le comptoir en une sorte de tribune.

André Malraux ça me touchait particulièrement parce que mon père avait fait la guerre de 40. Il n'en parlait pas du tout à la maison… Alors quand je les voyais comme ça à la télévision, ces images de la guerre, j'avais l'impression que c'étaient des secrets de famille au grand jour… Donc j'arrive sur scène, on est en 1964 devant le Panthéon, il y a le général de Gaulle, André Malraux avec son micro, son grand manteau sombre, on sent le vent dans l'image. Il a le texte à la main, des feuilles volantes, on l'imagine la veille, raturant fiévreusement, comme un cancre génial. Il y a le cercueil, le corps de Jean Moulin, le héros de la Résistance, tenu sur les épaules de ses compagnons survivants…

Il dit le texte d'André Malraux au micro.

« Monsieur le Président de la République… Voilà donc plus de vingt ans que Jean Moulin partit par un froid matin de décembre sans doute semblable à celui-ci, pour être parachuté sur les terres de Provence et devenir le chef d'un peuple de la nuit. Depuis sont nés vingt millions d'enfants.

C'est le temps où, dans la campagne, nous interrogeons les aboiements des chiens au fond de la nuit ; le temps où les parachutes multicolores, chargés d'armes et de cigarettes, tombent du ciel dans la lueur des feux des clairières ou des causses ; c'est le temps des caves et de ces cris désespérés que poussent les torturés avec des voix d'enfants… La grande lutte des ténèbres a commencé.

L'hommage d'aujourd'hui n'appelle que le chant qui va s'élever maintenant, ce Chant des Partisans que j'ai entendu murmurer comme un chant de complicité, puis psalmodier dans le brouillard des Vosges et les bois d'Alsace, mêlé au cri perdu des moutons des tabors, quand les bazookas de Corrèze avançaient à la rencontre des chars de Rundstedt lancés de nouveau contre Strasbourg. Écoute aujourd'hui, jeunesse de France, ce qui fut pour nous le chant du Malheur. C'est la marche funèbre des cendres que voici.

Comme Leclerc entra aux Invalides, avec son cortège d'exaltation dans le soleil d'Afrique, entre ici, Jean Moulin, avec ton terrible cortège. Avec ceux qui sont morts dans les caves sans avoir parlé, comme toi – et même, ce qui est peut-être plus atroce, en ayant parlé. Avec tous les rayés et tous les tondus des camps de concentration, avec le dernier corps trébuchant des affreuses files de *Nuit et Brouillard*, enfin tombé sous les crosses. Avec les huit mille Françaises qui ne sont pas revenues des bagnes, avec la dernière femme morte à Ravensbrück pour avoir donné asile à l'un des nôtres. Entre avec le peuple né de l'ombre et disparu avec elle – nos frères dans l'ordre de la Nuit... »

Il s'aperçoit soudain de la présence du régisseur qui est entré bruyamment.

EDOUARD

Vous n'avez aucun sens du tempo ? On ne peut pas arriver au milieu d'un texte... Ce n'est pas pour moi, c'est le texte lui-même. Il n'y a pas que les religions qui ont le droit au sacré, c'est l'Histoire des Hommes, là ! Je ne sais pas pourquoi vous gâchez ce moment...

Vous arrivez avec une sorte de désinvolture agressive… Un je-m'en-foutisme militant ! Vous gâchez ! *(Un temps)* Mais non… Vous êtes peut-être arrivé après… Et j'ai imaginé que vous étiez arrivé pendant… Pardon… *(Très troublé)* J'ai surréagi, pardon… J'ai tort… *(S'emballant de plus en plus)* C'est très difficile de revenir sur ce que j'ai fait… De faire comme si ça n'avait pas eu lieu… C'est-à-dire que, je n'aurais pas surréagi, ça se serait enchaîné, tout aurait roulé… Mais là, j'ai… Tout d'un coup j'ai… Quand on dit il y a un problème, les gens se disent il y a peut-être un problème et c'est ça qui crée un problème… On voudrait pouvoir revenir en arrière… Comme s'il y avait des gommes dans la vie… Effacer des moments… Ça n'a pas eu lieu… Mais on ne peut pas… Là je suis en train d'empirer la situation… En la constatant… C'est-à-dire que j'entre dans un système de boucle qui est très emmerdant… En constatant le gâchis, en en parlant encore plus, de plus en plus, je gâche encore plus… Je n'arrive plus à m'arrêter… C'est vertigineux, ça monte… C'est une sorte de système de névrose qui se met à…

L'annonce téléphone du début du spectacle retentit, l'interrompant soudain. Le régisseur s'assoit à une table où une assiette de poulet froid l'attend.

XV

EDOUARD

Ah mais… c'est l'annonce, ça… Donc c'est bon, c'est votre François qui doit être enfin prêt, ça va sonner, vous allez être débarrassé de moi…

LE RÉGISSEUR, *mangeant son poulet*

Non.

EDOUARD

Si, ça y est, il y a eu l'annonce, vous êtes sauvé, le téléphone, François… Ça y est, je pars. Ça va commencer…

LE RÉGISSEUR

Non, ça ne va pas commencer.

EDOUARD

Il y a eu l'annonce, ça veut dire que l'acteur doit être prêt... Il va arriver.

LE RÉGISSEUR

Non.

EDOUARD

Pourquoi non ?

LE RÉGISSEUR

Je l'ai enfermé dans sa loge ; double tour. Il peut toujours gueuler.

EDOUARD

Vous avez enfermé les acteurs du spectacle dans leur loge ?

LE RÉGISSEUR

Tous. On commence à respirer.

EDOUARD

C'est à cause de moi... *(Pas de réponse. Le régisseur mange, impassible)* C'est du poulet ?

LE RÉGISSEUR

C'est du poulet.

EDOUARD

Oh la chance ! Mais c'est dans la pièce ?

LE RÉGISSEUR

Ouais.

EDOUARD

Mais, vous bouffez le décor ?

LE RÉGISSEUR

On s'en fout, maintenant ils ne vont plus venir, hein.

EDOUARD

Mais qu'est-ce qu'il fait ce poulet dans la pièce ?

LE RÉGISSEUR

Il fait ce qu'il peut !

EDOUARD

Mais il joue ?

LE RÉGISSEUR

Oui, acte II, scène 3 : Le poulet ! François mange le poulet. Michel l'engueule. Et sur ces entrefaites, Claudine, excédée, jette le poulet par terre.

EDOUARD

Oh ! Ça a l'air génial !

LE RÉGISSEUR

...

EDOUARD

Non ?

LE RÉGISSEUR

Non, ce n'est pas...

EDOUARD

Et vous, vous mangez toujours pendant le spectacle ou vous mangez avec les autres comédiens après ?

LE RÉGISSEUR

En général, je mange avant.

EDOUARD

Ah...

LE RÉGISSEUR

C'est un truc que je tiens de mon cousin, ça.

EDOUARD

Cousin Brassens ? C'est une mine d'or ce mec !

LE RÉGISSEUR

Non non. Lui, c'est du côté de mon père, on ne se parle plus. Là, c'est du côté de ma mère... Parce que du côté de...

EDOUARD

Ne vous sentez pas obligé de raconter si c'est douloureux...

LE RÉGISSEUR

Du côté de ma mère, oui, ça craint. Mais je dis toujours que c'est mon cousin, alors que ce n'est pas vraiment mon cousin.

EDOUARD

Après, c'est des secrets de famille...

LE RÉGISSEUR

C'est un peu plus compliqué que ça... Alors au départ...

EDOUARD

Oui...

LE RÉGISSEUR

Nous, on habitait un immeuble de quatre étages.

Edouard, *surjouant l'enthousiasme*

AH !

Le régisseur

Un jour, je ne sais pas ce qui leur a pris, ils ont décidé de construire un cinquième étage.

Edouard, *il en fait des caisses*

OH !

Le régisseur

C'est exactement ce qu'on s'est dit ! Et du coup on a eu des voisins en plus. Au départ des Polonais. On ne les aimait pas trop. Vraiment pas sympas ceux-là. Je passe.

Edouard

Bonne idée.

Le régisseur

Mais après ils sont partis et d'autres voisins sont arrivés. C'était une famille d'Italiens...

Au milieu de la conversation, le faux téléphone sonne. Edouard regarde le régisseur qui ne se lève pas pour aller répondre. Il décide finalement d'y aller lui-même.

XVI

EDOUARD, *au téléphone*

Allô, François ? Hein... ? Qui ?... Ah, Roger ?! Tu m'as retrouvé ? Tu viens me chercher ?! Mais comment ça, tu viens me chercher ?... Tu ne vas pas me ramener de force sur scène ?... C'est absurde !... Quoi, tu es en face ?! ... De toute façon, je ne suis plus là !

Il raccroche brusquement.

XVII

EDOUARD, *s'adressant au public*

Je vais avoir besoin de vous... Je suis un petit peu gêné de vous demander ça... C'est le régisseur du théâtre où je joue, Roger, qui m'a retrouvé. Il va débarquer... Est-ce que vous pourriez... Vous vous rappelez quand on était enfants, les petits théâtres de marionnettes, quand le gendarme cherche Guignol ? Je suis désolé de faire allusion à ce triste passé ! Au début on est juste avec Guignol, on est bien, les enfants sont contents, ils aiment bien Guignol... Guignol est comme eux, il fait des petites bêtises, il chaparde une noisette, une reine-claude... Enfin, que des fruits de saison ! Ou alors il... il souffle dans un hérisson... *(Un temps)* Moins souvent ça ! Alors le gendarme arrivait, en disant : *(Il prend un accent)* « Bonjour les enfants, comment ça va ? » Avec une voix à moustache, comme ça. Donc au début les enfants sont un peu collabos, ils répondent, ils disent « Oui, ça va », mais après, ils se reprennent, le gendarme leur demande « Vous l'avez vu ? » et là les enfants répondent...

Le public répond « non ».

EDOUARD

Il s'agit de ça ! Donc quand le gendarme... le régisseur va arriver... il va demander « Vous l'avez vu ? », et si vous pouvez répondre...

Le public répond « non ».

EDOUARD

Voilà. Tous ensemble ?... « Vous l'avez vu ? »

Le public répond « non ».

EDOUARD

Parfait ! *(Au régisseur)* Est-ce que je peux me cacher ?

LE RÉGISSEUR

Oui, là *(il désigne le bar).*

Edouard part se cacher derrière le bar et le régisseur le suit. Il se cache, le régisseur reste à vue debout derrière le bar. Roger, le régisseur de l'autre théâtre, fait une entrée fracassante dans la salle équipé d'un baton et d'un chapeau de gendarme.

ROGER

Il est où ? Excusez-moi, messieurs dames… Il est où mon gaillard, que je lui caresse un petit peu les côtelettes ? Vous l'avez vu ?

PUBLIC

Non !

ROGER

Il est où ce joyeux luron, ce gai luron ? Vous ne l'avez pas vu ?

PUBLIC

Non !

ROGER

Il n'est pas caché là-haut, messieurs dames ?

PUBLIC

Non !

ROGER, *au régisseur*

Et vous, vous l'avez vu ?

LE RÉGISSEUR

Non !

ROGER

Vous l'avez vu… !

LE RÉGISSEUR

Non !

ROGER

Il a dû aller dans un autre théâtre ! Et il croit que je vais laisser tomber ? Eh bien numérote tes abattis ! Et n'oublie pas, n'oublie pas, « Pouet pouet la hurlette, tagada la queue du rat ! »

Départ de Roger. Edouard sort de sa cachette.

XVIII

EDOUARD, *sorti de sa cachette, au public*

Vous avez été épatants, merci... Ah non vraiment, je suis fier de vous ! *(Au régisseur)* Et vous, vous avez été héroïque. Vous êtes le genre de personne chez qui on aimerait se cacher s'il y a une prochaine guerre... Et puis à un moment quand il vous a demandé si vous m'aviez vu, vous avez répondu « non », vous avez joué tellement mal ! C'était tellement faux ! C'était merveilleux... C'était enfantin... Vous êtes à la fois un héros et un enfant. C'est pas mal si on arrive à devenir l'un sans cesser d'être l'autre.

C'est ça que j'appréciais chez Romain Gary, mon autre héros de ces années-là. Un héros et un enfant… Romain Gary, il avait été pilote pendant la guerre à 20 ans avant d'être écrivain. C'est un héros de la guerre. Un des rares survivants.

À l'enterrement de De Gaulle, à Colombey, il n'y avait aucun homme politique, aucun grand de ce monde, aucune vedette. Rien. Juste les Compagnons de la Libération. Les 200 personnes qu'il estimait avoir été les plus sincères, les plus engagées, les premiers à le rejoindre. Il y avait juste 200 invités. Dont Gary. Il est arrivé presque déguisé. Avec un morceau de sa tenue de la guerre… Sa veste d'aviateur, un pantalon d'autre chose… Des breloques, des souvenirs, des fétiches, des grigris… L'enfance. Les autres, ils étaient tous très sérieux, des cravates, des costumes sombres, des pendules sur la cheminée. Il y en a un qui a voulu lui casser la gueule. Il a dit que sa tenue était une insulte à la mémoire du Général… Tu parles. Après il a vécu une vie d'aventures, romanesque. Il a été consul de France à Los Angeles, il a

épousé Jean Seberg, l'héroïne de *À bout de souffle*... Il a voulu sauver les éléphants... Romain Gary... Quelle vie... Il s'est tiré une balle dans la bouche.
Dans son dernier livre *La nuit sera calme*, il répond aux questions d'un type implacable avec lui... Lui-même. Pendant des années il a fait croire que c'était un livre d'entretiens avec un journaliste suisse qui l'aurait interviewé. En fait c'était lui, c'est le journaliste suisse qu'on a en nous. À la dernière page de *La nuit sera calme*, il se pose les questions les plus intimes, les plus essentielles...

Planté au milieu de la scène, puis assis au bord, il dit le texte de Gary.

« F.B. : Des regrets ?

R.G. : Je n'ai pas assez écrit et je crois que je n'ai pas su aimer.

F.B. : Des fantômes ?

R.G. : Tous... Mais c'est sans intérêt, des histoires d'avions qui ne sont pas revenus... Et qui se mettent à revenir, trente ans après.

F.B. : La mort ?

R.G. : Très surfait. On devrait essayer de trouver autre chose.

F.B. : Et sans humour ?

R.G. : J'ai connu un vieux maître d'hôtel, un Noir de la Louisiane, qui a demandé la météo avant de mourir pour savoir si le vol allait être agréable ou agité...

F.B. : Pas la moindre rêverie d'au-delà ?

R.G. : Une seule. Sandy le chien vient me chercher. Il a quelque chose de très urgent à me montrer, il veut me mener quelque part. Je le suis. On est sur un sentier de montagne qui monte dans le soleil. Sandy court devant moi, revient pour s'assurer que je le suis... Je le suis. Et puis je me vois marchant derrière lui et on s'éloigne et on s'efface tous les deux dans la lumière... Musique. C'est en technicolor, un film Paramount 1930, et c'est un rêve qui revient régulièrement. J'ai dû commencer à aller au cinéma quand j'étais trop petit.

F.B. : Tu as été heureux ?

R.G. : Non... Si. Je ne sais pas. Entre les gouttes.

F.B. : Qu'est-ce que c'était le bonheur, pour toi ?

R.G. : C'est lorsque j'étais couché, j'écoutais, je guettais, et puis j'entendais la clé dans la serrure, la porte qui se refermait, j'entendais les paquets qu'elle ouvrait à la cuisine, elle m'appelait pour savoir si j'étais là, je ne disais rien, je souriais, j'attendais, j'étais heureux, ça ronronnait à l'intérieur… Je me souviens très bien.

F.B. : Et pour conclure ?

R.G. : La nuit sera calme. »

Alors qu'il dit ces derniers mots, le régisseur commence à ranger les chaises et fait un peu de bruit. Edouard se retourne.

LE RÉGISSEUR

Pardon. J'espère que je n'ai rien gâché.

EDOUARD

Ok, je ne suis plus à ça près.

LE RÉGISSEUR

Et bien on ferme.

EDOUARD

Ah… Alors j'y vais. D'ailleurs on m'attend quelque part. Merci en tout cas pour l'hospitalité. On remballe ?

LE RÉGISSEUR
On remballe.

Les deux commencent à ranger les accessoires. Edouard récupère ses lunettes, ses livres. Pendant que monte la musique d'Ennio Morricone « Le Clan des Siciliens ».

EDOUARD, *tendant la main au régisseur*
Au revoir. Merci.

Ils se serrent la main. Edouard descend de la scène et repart lentement à travers la salle.

FIN

Remerciements

Stéphanie Bataille
Jean-Baptiste Dotari
Jean-Marc Dumontet
Raphaëlle Dupire
Jean-François Gabard
Barka Hjiij
Perrine Malinge
Isabelle Nanty
Eugénie Poumaillou

Crédits bibliographiques

Table

RÉALISATION : NORD COMPO À VILLENEUVE-D'ASCQ
IMPRESSION : NORMANDIE ROTO S.A.S. À LONRAI
DÉPÔT LÉGAL : FÉVRIER 2021. N° 146805 (2004119)
Imprimé en France